Eric & Julieta

¿Dónde está Eric?
Where Is Eric?

Early Literacy Academy

Please enjoy this
literacy gift.
Read it often.
For further information
call 219-980-6586
www.lun.edu/~lunela/
www.earlyliteracyacademy.com

SCHOLASTIC INC.
New York Toronto London Auckland Sydney
Mexico City New Delhi Hong Kong Buenos Aires

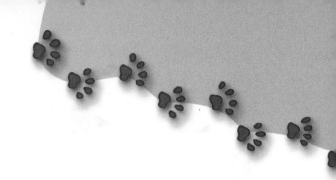

ISBN 0-439-78371-2

12 11 10 9 8 7 6 5 4 3   6 7 8 9 10/0

Printed in the U.S.A.   23

First bilingual printing, December 2005

Book design by Florencia Bonacorsi

¿Les presenté a mi nuevo amigo?

Have you met my new friend?

Le puse Eric, como yo. Así, cuando mi mamá se enoja,
no sé si me riñe a mí o al gato.

*His name is Eric, just like me. That way, when my mom
gets mad, I don't know if she's yelling at me or my cat.*

Aunque seguro que se enoja con él
porque es muy travieso.
En cambio, yo siempre me porto bien.

It must be the cat that's bad.
I always behave.

Me divierto más con Eric que con Julieta.

I have more fun with Eric than with Julieta.

Jugamos a muchas cosas.

We play games together.

Es genial manejando este camión que me regaló mi papá.

He drives the truck that Daddy gave me.

Julieta, en cambio, cree que Eric es una muñeca.

Julieta thinks that Eric is a doll.

Lo peina o le pone hebillitas en el pelo.

She combs his fur.
She even tries to put a bow on him.

Hasta quiso pintarle las uñas.

Once, she wanted to paint his nails . . .

Pero como era con el esmalte de mi mamá...
—¡Mami, Julieta sacó tu esmalte de uñas!
Además es un gato y no una gata.

. . . with Mommy's nail polish!
"Mommy, Julieta took your nail polish!"
He's a boy cat, not a girl cat!

Con Eric también jugamos a las escondidas.

We play hide-and-seek with Eric.

Porque Julieta no se da cuenta de nada.

Julieta doesn't know anything.

Eric es muy listo. A veces se esconde y ni yo lo encuentro.
Hasta que se me ocurrió una idea genial.

Eric is very smart. Sometimes he hides and I can't find him.
But I had a great idea.

Le puse una campanita que suena cuando camina.
¡Así lo encuentro siempre!

*I put a little bell on him. It jingles when he walks.
Now I always find him!*

¿Ven qué caprichosa es? No se da por vencida.

Julieta always wants her way. She never gives up.

Pero ya tengo la solución.

But I have a solution.

Así Julieta no lo molestará más. ¡Pobrecito, mi Eric!

Now Julieta won't bother him. Poor little Eric!

¿Ven por qué le puse Eric?
Ahora no sé si mi mamá me llama a mí o al gato.

See why I named him Eric?
Now I don't know if my mom is calling me or my cat.